저를 '내 마음의 시인'으로 불러준

하늘나라 아내 故 이은경 님께

이 시집을 바칩니다.

답장을 기다리지 않는 편지

초판 1쇄	2016년 12월 10일
2쇄	2017년 01월 02일

지은이	박화진
사진	이상철
발행인	김재홍
편집장	김옥경
디자인	박상아, 이유정, 이슬기
마케팅	이연실

발행처	도서출판 지식공감
브랜드	문학공감
등록번호	제396-2012-000018호
주소	경기도 고양시 일산동구 견달산로225번길 112
전화	02-3141-2700
팩스	02-322-3089
홈페이지	www.bookdaum.com

가격	12,000원
ISBN	979-11-5622-252-1 03810

CIP제어번호	CIP2016028900

이 도서의 국립중앙도서관 출판도서목록(CIP)은 서지정보유통지원시스템 홈페이지 (http://seoji.nl.go.kr)와 국가자료공동목록시스템(http://www.nl.go.kr/kolisnet)에서 이용하실 수 있습니다.

문학공감은 도서출판 지식공감의 인문교양 단행본 브랜드입니다.

답장을 기다리지 않는 편지

마음이 따뜻한 경찰관이 쓰는 思婦歌

도서출판
문학공감

시집이라고 하기엔……
이런 것도 詩라고 할 수 있을까요?

산다는 것은 채우려 하면 할수록 채워지지 않았습니다.
다가설수록 멀어지는 신기루 같은 삶은 더욱 팍팍해지고
지치게 하였습니다.
나이 오십을 넘기면 하늘의 命을 안다는 진리를 몸소 깨우
치기엔 부족함을 실감합니다.
조악한 언어의 나열로라도 위로받고 싶은 충동을 어쩌지
못하고 내뱉게 되었습니다.
바람 소리 하나에도 신이 있다는 경외감을 조금씩 더듬어
봤습니다.
세상살이 이치를 다 꿰뚫고 말겠다는 생각이 얼마나 교만
한 것인지를 반성하고서야 사람 앞에서 더 부끄러워해야겠
다고 다짐을 합니다.

홍수에 몸을 던져 피붙이를 구한 모성의 강함을 남긴 채
다섯 살 어린 자식을 남겨두고 떠나가 버린 어미.
머리 희끗한 나이가 되고도 사무치는 그리움이 저를 질기
게 따라다녔습니다.
운명은 새벽처럼 소리 없이 찾아오나 봅니다.
다시는 잃어버리지 않으리라는 몸부림이 소용없었습니다.
검은 그림자가 문 앞에 들어섰습니다.
13년의 긴 투병 가운데서도 평상심을 잃지 않았던 옆지기
가 꽃향기 만발하던 봄날에 훌쩍 떠났습니다.

허공에 부질없이 쓴 편지들을 모아봤습니다.
답장이 오지 않을 편지입니다.
하지만 기대하지도 않던 답장은 봄 꽃망울에, 여름 장맛비
에, 빛바랜 은행잎 한 장에, 나부끼는 눈발 속에,
때가 되면 어김없이 배달되었습니다.

슬퍼 말라고,
그리워 말라고,
외로워 말라고,
이별도 세상사는 방법이라고.

상처는 아물고 기억은 가물가물하고

시간이 약이라고 합니다.

그런데 그것보다 제겐 더 좋은 약이 있었습니다.

바로 웃음을 잃지 않아야 한다는 것이었습니다.

세상을 향해 웃을 수 있다면 어떤 병이라도 치유된다는 것을 알기까지 많은 시간이 걸리지 않았습니다.

살아간다는 데 감사할 뿐입니다.

분신 같은 사진을 기꺼이 시집보내준 상철,

삶이 무거울 때마다 함께 웃어주던 경석, 종완에게

"친구들아, 사랑한다!"고 말하고 싶습니다.

묵향으로 시집을 감싸주신 목란 김순기 선생님께도 감사의 말씀을 올립니다.

— 2016년 가을에 수천재에서

답장을 기다리지 않는 편지

붉게 피는 장미라도 사랑보다 붉지 않다

철들 때

가을이 오면

웃음미학 개론

짧은 생각(수필)

답장을
기다리지 않는 편지

가평 가는 날

3주마다 한 번씩
아내와 가평에 간다.
근교 나들이면 얼마나 좋으련만

아내는 차창으로 무표정을 던지고
나는 안경알에 눈물방울 던진다.

부부는 일심동체려니
아내는 가슴이 아리고
나는 몸이 아파온다

가평 소풍이 끝나는 날
기쁜 날일까? 슬픈 날일까?

3주마다 3일씩
항암 치료 받으러
가평 청심병원에 간다.

답장을 기다리지 않는 편지

다시는 안 볼 듯이 등 돌리고 훌쩍 떠나가더니
꽃망울 앞세워 슬그머니 안부를 물어오네

반가움에 겨워
거친 문장 다듬고 다듬으며
말간 편지봉투 훅 불어 보듬고 있는데

따다닥 장맛비 속으로 성큼 다가오더니
잘 있노라 걱정하지 말라 한다.
노랗고 붉게 물든 내 가슴은 아려가고 있건만
편지지 밑줄 위를 다 채우지 못할 새

언제인가 사각사각 눈길 따라 걸어와
상념 쌓여가는 처마 끝만 힐끗 쳐다보고 가버렸네

한 해의 끝자락까지도 한 장도 다 채우지 못하겠다.

스물여섯 개의 별*

사랑하는 사람 둘이
동산 언덕에 누워
별 세기를 시작했습니다.

새까만 밤하늘에
하나둘 별들이
뜨고 있습니다.

맑은 날에도
구름 낀 날에도

하나,
둘,
셋,
넷,
다섯,
·
·

.

.

.

스물여섯,

달빛에 젖어 구름에 가려
희미했던 별들이
밤이 깊어갈수록
제 모습을 드러내고 있습니다.
밝은 별, 희미한 별
기쁜 별, 슬픈 별
큰 별, 작은 별
……

밝으면 밝은 대로
흐리면 흐린 대로
기쁘면 기쁜 대로
슬프면 슬픈 대로

크면 큰 대로

작으면 작은 대로

......

사연이 없는 별들이 없습니다.

아름답지 않은 별들이 없습니다.

사랑하는 두 사람은

동녘이 틀 때까지

손을 꼭 잡은 채

수많은 별들을 세려고 합니다.

---

* 결혼 26주년이 마지막이 되지 않기를 간절히 바랐지만, 결국 아내는 다음 해 봄에 훌쩍 떠났다.

홀로서기

결혼 27주년인데……

무너지는 슬픔과 아픔도
세상사는 약이려니
괜찮겠지

쏟아지는 눈물과 두려움도
세월이 해결해 주려니
괜찮겠지

부재와 상실의 황망함도
남은 인연들을 이기지 못하려니
괜찮겠지

아리고 쓰린 상처 깊을지라도
레테의 강을 건너갈 거야

그렇게 살다가 보면

언제인가 싶게
다시 또 일상으로 지낼 거야

눈뜨는 새벽, 해지는 저녁
문득문득 찾아들던 허전함도 그리움도
잦아들 날 오려니
힘차게 일어나고
두려움 없이 나아갈 거야
벌써 반년이 지났네
잘 있지?

그래도 아직은
내 마음이 좀 그래
괜찮아지겠지만……

哀別

왜 그리 오래 머뭇거렸소
그렇게 훌쩍 떠나갈 것을……

그 세상이 좋긴 좋은가 봅니다.
여태까지 문자 한 통 없으니

그토록 멀리 떠나갈 거였으면
"잘 있어요." 한마디나 해주지……

눈뜬 새벽녘 텅 빈 거실
할 일 없이 이리저리 둘러도 보고

푸성귀 텃밭에 앉아 있으려니
황급히 뒷간 모퉁이 돌아가 봤지만

희미한 당신 미소 잠시 보이다
이내 없어져 버리고 마는구려

중년 사내 뻥 뚫린 가슴에
무엇을 채운들 당신만 하겠어요

찔끔 흘린 눈물 맛이 더 짠 것은
당신 생전 못난 짓 한 내 탓일 겁니다.

그래도 어찌하겠습니까?
세월 흘러 당신 다시 만날 날
내 모습 얼른 알아보도록
하루하루 잘 가꾸며 살아가리다.

답장을 기다리지 않는 편지

외로운 날엔

외로운 날에는
혼자 걸어보자
되도록 멀리

생각의 꼬리는 잘라버리고
내가 누구지?
나는 어디로 가고 있지?
그런 것들에게서 멀어지도록

외로운 날에는
터벅터벅 걸어보자

길을 걸어도
생각이 꼬리를 물고 이어지거든
아직은 살 만하구나
아직은 덜 외롭구나

더 열심히 살아보자
그래야 산다는 게 무언지 알 수 있을 테니까.

그리움

아직도 그리움을 안고 사는 것은
식지 않는 체온이 남아 있는 것이라네

누군가를 그리워한다는 것은
미치도록 사람을 사랑한다는 것이라네

내 사랑이 나를 그리워하는 것은
내가 못다 채운 것을 주고 있는 것이라네

밤을 지새워 그리워하여도
내 손에 잡히지 않는 내 벗, 내 사랑이여

그대 그리워 시리도록 아픈 내 눈에
눈물만 깊이 고이고 있다네

인연

눈 가리고
귀 덮은 채
손과 발 다 묶어도

너 인연
지상에서 천상까지

질기다 질겨

바람의 흔적

알지 못합니다.
어디서 왔는지
왜 왔는지

크면 큰 대로
작으면 작은 대로
그저 내 몸짓 보여줄 뿐입니다.

잠시 스쳐 가면서
왜 그리 소란스럽냐고
타박하지 말아 주세요.

그리울 수 있답니다.
긴 시간 흘러
기억 저 너머 있을지라도

눈 내리는 새벽

언제까지나 사랑하겠노라고
밤새 속삭이다
야속하게 서둘러 떠난 빈자리에

시린 잉크빛 까만 점이
앞다투어 창문을 두드린다.

반쯤 열린 눈꺼풀 사이로
겨울 까치 한 쌍
은빛 장옷 차려입고 슬며시 다가선다.

삽살개 풀쩍풀쩍 뛰놀기 전에
어여 일어나 버선발로 뛰어나가
솜털마당 사뿐사뿐 밟고 싶은데

아랫목 구들장 사지 붙들고
낡은 시곗바늘이 어김없이 돌아간다.

아직도

눈 내리는 새벽이 설레는 걸 보니

내 중년은 꽃중년인가 보다.

無鳴새

가장 아름다운 노래는
이름 없는 새가 부른다.

떠나간 짝을 찾는 것일까?
생명이 위태로운 것일까?
굶주림에 지쳐 세상에 구걸하는 손짓일까?

삶이 회오리처럼
지독하게 뒤엉켜도
가슴으로 울기에
눈물 흘리지 않는다.

허공을 향해 한 점 한 점 수놓고
훨훨 사라져 가지만

세상에서 가장 아름다운 노래는
이름 없는 새(無名)가 부른다.

雨鳥

비에 젖은 하늘
무겁고 무서워도
나는 것을 두려워 말자.

고독은 내 것
나누어도 나누어도
남아 있거늘

장대비 불어오는
구름 아래
날개 펼치고 또 펼쳐

내 지친 몸 가눌 둥지 찾아
지평선 너머 거기까지는
힘차게 날아가 보자
어쨌든

산길

태곳적 생긴 길 하나
오르막이 내리막 고통스러워 말고
내리막이 오르막 춤추지 말자.

내 믿음 가벼워 보일 듯 보이지 않고
뱀의 유혹과 산짐승의 울부짖음
두려울지라도 흔들림 없이 간다.

모진 겨울 끝 연푸른 입김 모락모락 피어오르고
검푸른 그림자 하늘길 막아선 그날
이리저리 헤매었지만

해와 달이 지켜주고
비바람이 살포시 스며들어
갈라 터진 가린 몸
훌훌 털어버린 채
기쁨의 몸짓을 할 수 있겠다.

더 넓어진 길 더 높은 데 이른 길
하늘 닿을 수 있기에
사방이 트여도 두렵지 않다.

겨울나무

홀로 서 있다고 외로워 마라
산 아지랑이 겹겹이 감싸 안고
실개천 너울너울 춤추던
그런 날이 너에게도 있지 않았느냐?

바람이 모질다고 야속해 마라
들 뙤약볕 차곡차곡 덮어쓰고
서늘바람 슬금슬금 붐비던
그런 날이 너에게도 있지 않았느냐?

모두 다 떠났다고 서러워 마라
강 소쩍새 밤 밝혀 지저귀고
선홍 단풍 뜨겁게 불태우던
그런 날이 너에게도 있지 않았느냐?

더디 오는 봄날을 초조해 마라
꽃빛 바람이 문풍지 잠재우고
네 앞에 곱게 다시 다가서려
꿈틀거리고 있지 않느냐?

속절없이 머무는 바람은 없다

속절없이 머무는 바람은 없나니

꽃아 너는 아느냐?
네가 온몸으로 사랑하던
그 곱디고운 바람이
떠날 때는
꽃잎 한 장 남김없이
모두 떠나보낸다는 것을

나무야 너는 아느냐?
여린 가지 할퀸다며 원망했던
그 차디찬 바람도
떠날 때는
지쳐 흐느끼는 네 모습을
가장 가슴 아파한다는 것을

강물아 너는 아느냐?
가녀린 숨결을 아낌없이 받아주던

그 어미 속살 바람이
떠날 때는
네가 보낸 지난날을
되돌려 주지 않는다는 것을

파도야 너는 아느냐?
네 몸을 산산이 부숴버린
그 비린 바람도
떠날 때는
섬돌에 남겨진 네 형제들을
데리고 간다는 것을

속절없이 머무는 바람은 없다

베개

달콤한 사랑의 밀어도 나눌 수 있고
가슴 아린 슬픈 눈물도 마실 수 있고
숨 막히는 뜨거운 포옹도 받을 수 있는데
사람아!
머리맡 베개보다 못해서야…

붉게 물든 장미라도
사랑보다 붉지 않다

밤별

사위가 어두워도 두렵지 않다

제 몸 까맣게 태우고
실안개 하얗게 우산살처럼 펼쳐 보여
새벽 달 길동무한다.

귓전을 맴도는 여름밤 풀벌레 소리
어둠 속에 푸른 별이 길을 밝힌다.

새벽별

별아!

어둠이 짙을수록 밝아지는 널
희미하다고 타박한 날
용서하렴

넌,
밤이슬 흠뻑 젖고도
꺼지지 않는 가로등이었는데 말이야

붉게 물든 장미라도 사랑보다 붉지 않다

새벽녘

두려움은
설레임을 앞서 달리고

미련처럼 서성이는 달그림자 위
드러누운 홍싯빛 동녘

긴 밤 산고의 흔적 같은
태곳적 울음 그치지도 않았는데

어제의 내일인 오늘마저
서쪽 하늘로 멀어져간다.

집밥 타령

밥은 집에서 먹는 거지?
당연하지.
그런데 왜 집밥 타령이지?

마주 앉은 님아!
따신 국물에 밥 한 술 말았으니
신김치 한 조각 얹어서
입 크게 벌리고 드셔 보시게.

집밥 먹는 저녁엔
개 짖는 소리조차 감칠맛이다.

도라지꽃

집 마당에 도라지꽃 한 송이 피었다.
밥상 위에 발가벗고 올라오는
도라지무침만 알고 지낸 세월

하늘 향해 희망 쏘아 올리는 보랏빛별이
발가벗은 몸에서 나오는 걸 알기까지
50년이 걸렸다.

붉게 피는 장미라도 사랑보다 붉지 않다

처음에는 수줍었을 뿐이다.

여린 숨결도 내뱉기조차 조심스럽다.

내 꿈 앗아갈까

잔뜩 움츠린 몸 비틀어 날 선 비늘 만들었다.

초여름 뙤약볕 옅은 온기 줄기 타고 내려가

깊은 땅속 용암

끓어오르는 정염

나선의 회오리 휘감아

한 송이 붉은 사랑으로 피다.

하늘, 별, 시 그리고 차 한 잔의 여유

낮이 두려웠습니다.
삶이 팍팍해질까
긴-밤을 지새워봤습니다.
시간이 외로워질까

마구마구 노래했습니다.
詩마저 미완일까

그래도 내겐
조그만 하늘이 있습니다.
반짝이는 별이 있습니다.
찻잔 속에 반쯤 젖은 詩도 있습니다.

아! 내가 살아가는 이유
하늘, 별, 詩
그리고 차(茶) 향기였습니다.

하루

대문 앞 조간신문처럼
또 하루가 왔다.

맑은 날에도
흐린 날에도
바람 부는 날에도
천둥 치는 날에도
눈 내리는 날에도

가난한 이에게도
부자에게도
잘난 사람에게도
못난 사람에게도

어제의 얘기들을 안고
하루가 왔다.

밀린 신문대금처럼
세월 빚은 자꾸 쌓여 가는데
하루하루를 무심코 받아든다.

세상 끝나기 전
밀린 빚이라도 갚으려니
중년의 터벅걸음이 자꾸 뒤뚱거린다.

겨울 들판

마른 지푸라기 긁어모아
삭풍 섞어 태운다.

따닥따닥 실불꽃
까만 재 되어
하늘하늘 춤추며
날아가는 서쪽 하늘

겨울 철새가
석양으로 떠난다.

들 옆 감나무 잎
바람에 흩날릴 때
낮이 바쁜 까치 한 쌍
둥지 만들러 가는 길 재촉한다.
겨울은 들판이 주인이다.

황산벌 바람개비**

바람 따라 돌아가는
너 바람개비야
그게 더 편안하겠구나
황산이 너를 제 기분만큼
보듬어 주니
우리 인생은 누가 돌게 해주나
제 혼자 부질없이 바둥거리고 있는데

** 아산 경찰교육원 황산골 마당에는 바람개비가 지금도 돌아가고 있다.

실개천

내 모습이 수줍어
숨결조차 들킬까
낮이 밤보다 더 정겹다

여름밤 풀벌레
달빛 따라 흐르고
가는 물줄기 휘감아 돌아

강물아
어린 네 형제 만날 때
어이야 둥실 어깨춤 좀 춰주렴

철들 때

형제

어버이 피와 살 받아
어버이 흔적 되어

내 기쁨이 너의 기쁨
내 슬픔이 너의 슬픔

내리사랑 넘치고
얇은 시기 끼어들지라도

손잡고 세상 구경 같이하며 살아간다.

친구

친구!
저 새벽녘 갈매기의 비상이 그럴듯해 보이지
아닐세
자세히 살펴보게나
허기를 채우려
눈에 핏발 세우고
먹이를 찾으려는 것이라네

친구!
우리네 인생
저 비상하는 갈매기의 날갯짓과 매한가지라네
너무 우쭐하지도 너무 움츠리지도 말고
그저 불어오는 바람결에 몸을 던지고
그렇게 살아가면 될 것 같네

친구!

잠 못 이루는 밤이 오면

베갯잇에 눈 붙여

그냥 그렇게 잠들게나

내일은 또 다른 삶의 날갯짓이 기다리고 있다네.

여보게 좀 쉬어 가세나

여보게 좀 쉬어 가세나
가슴까지 차오른 인생길
구름 속 숨은 관악 제자리에 있건만
내달아 가본들 달아나던가
풍설에 갈라진 솔껍질마냥
지쳐 몸부림쳐도
한세상이거늘
턱 걸터앉아 한시름 잊은들
누가 탓하겠는가?

여보게 좀 쉬어 가세나
숨 가빠 살아온 세상살이
돌아보면 뿌연 먼지만 휑한 것을
뭐가 그리 쫓아오는가
빈 하늘 덩그런 구름마냥
잠시 스쳐 가는
우리네 인생이거늘

여보게 좀 쉬어 가세나

박화진

여보게 좀 쉬어 가세나
가슴까지 차오른 인생길
구름 속 숨은 관악
제자리에 있건만
내 닿아 가본들 달아나련가
풍설에 깔라진 솔껍질 마냥
지쳐 몽부림쳐도
한세상이거늘
덕 걸터앉아 한시름 잊은들
누가 탓하겠는가
여보게 좀 쉬어 가세나
숨가삐 살아온 세상살이
돌아보면 부연
먼지만 황한 것을
뭐가 그리 좋아오는가
빈 하늘 덩그런 구름마냥
잠시 스쳐가는
우리네 인생이거늘

긴 숨 돌이켜 쉬어간들

누가 탓하겠는가?

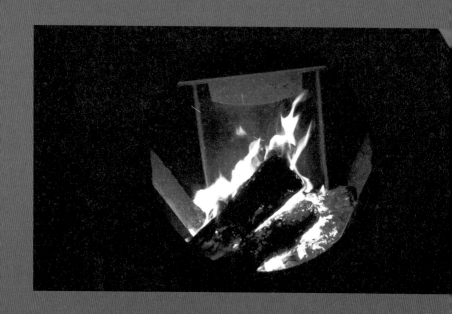

사는 게 다 그런 거 아니것소

성님
마이 춥소?
엄청 춥소!
나이 먹으니 따신 게 최고네요

돈, 명예, 권력
겁나게 집착한 거
부끄러워하지 마소
성인군자 못 된다고
푸념도 하지 마소
땅덩어리 사는 인간
매한가지 아니것소

한 달 새경 가볍대도
하루 끼니 걱정 않고
방구들 차지 않게 지낼 수 있으니께
지족 아니것소

남자 나이 오십을 넘기면

남자 나이 오십을 넘기면
더 많이 잡으려는 것보다 잡고 있는 것이 달아날까 두려워진다.

남자 나이 오십을 넘기면
필요에 의해 만나는 사람보다 가슴을 채울 사람을 만나고 싶다.

남자 나이 오십을 넘기면
굳어 버린 사랑의 화석을 부여잡고 온기를 되찾고 싶어진다.

남자 나이 오십을 넘기면
꽃피고 새 우는 봄날보다 낙엽에도 눈물이 나는 시인이 된다.

행복 돋보기 사용법

크게 잘 보이는 것을
왜 자꾸 돋보기로 보려 하지?
더 흐려질 텐데

돈, 명예, 권력은 돋보기로 보는 게 아냐
더 흐리게 보이기 때문이지
그런 건 더 멀리 두고 봐야 해

아내의 작은 손에 돋보기를 대봐
오랫동안 보지 못한 따뜻한 온기가 보일 거야

친구의 웅크린 가슴을 들여다봐
함께했던 젊은 날 푸른 꿈을 품고 있는 게 보일 거야

계절 끝에 놓인 꽃과 바람의 몸짓을 살펴봐
신께서 소리 없이 보내주신 향기가 보일 거야

소소한 일상일수록 돋보기로 봐야 해

진짜 행복은 그곳에 있거든

철들 때

10대에는 세상에 꽃이 있는 줄 몰랐고

20대에는 내가 세상에 제일 아름다운 꽃인 줄 알았다가

30대에는 화려한 장미꽃이 좋더니만

40대에는 강인한 야생화가 좋았다.

50대가 되니 아스팔트 바닥에 낀 잡초가 좋아진다.

철드나 보다.

그냥

웬일이야
그냥
보고 싶어서

이게 뭐야
그냥
주고 싶어서

왜 그랬어
그냥
그게 좋아서

사람 사는 거
그럴 수도 있잖아

사랑은 더 그래야 하는 거 아닌가

이런 생각

이런 생각해 봅니다.

내가 부족할 때 겸손해집니다.
그래서 부족한 게
나쁜 게 아닙니다.

내가 모르고 있어 행복합니다.
그래서 모르고 있는 게
나쁜 게 아닙니다.

내가 덜 가지고 있어 행복합니다.
그래서 덜 가진 게
나쁜 게 아닙니다.

그래서

똑똑한 거,

잘 아는 거,

많이 가진 거,

저 세상 갈 때 짐 될 게 분명합니다.

길에 서서

보이지 않는 길을 가기 위해
보이는 길을 가며 길을 잃는다.
길 위에 서서
타인의 걸음으로
타인의 시선으로
눈먼 장님처럼 더듬거린다.
산다는 것은
보이는 길 끝에서
보이지 않는 길 끝을 향해
터벅걸음으로 걸어가는
희뿌연 안갯길 긴 여정이다.

너라는 사람 참!

허망한 것이 그것이라 하더니
불나방처럼 쫓고 있다니
너라는 사람 참!

속물이 되고 싶지 않다고 하더니
지독한 속물이 되고 말다니
너라는 사람 참!

내려놓을 때가 되었다더니
혹시 놓칠까 봐 덜덜 떨고 있다니
너라는 사람 참!

다 부질없는 일이라 하더니
심한 자기 수치감을 잊고 있다니
너라는 사람 참!

절대로 흔들리지 말자
절대로 흔들리지 말자
맹세하더니
실바람도 못 이기는
너라는 사람 참!

너라는 사람 참 못났다.

가을이 오면

가을

때가 되면 오려니
비바람 뒤섞인 몸부림도 까마득한 이야기
내게 주어진 망각 속 시간

산허리 감아 도는 갈잎 내음
지친 여름꽃이 반겨 맞이한다.
머무르고 싶지만, 여름 들판에 둘 수 없다.

긴 숨 깊이
나무그루에 넣고
눈보라 헤쳐
끄득끄득 새살 돋는 그날 위해
갈바람 한 올 한 올 엮어두어야겠다.

가을이 오면

가을이 오면
긴 여행보다 가벼운 산책을 하자.

가을이 오면
타인의 이야기보다 나의 시를 쓰자.

가을이 오면
이제 사람으로 돌아가자.

가을 산책

나락 누레지네
갈바람 살살 부니
날아오는 쇠똥 냄새
삽사리 코끝이 실룩거린다.
뉘엿뉘엿 넘어가는 햇살
덜 마른 내 삶 말려야겠다.

열매

사랑처럼
다가온 그대 손길

따스한 가을 햇살
마주 보며 보듬어

지금 여기 있음을
신께 감사 기도한다.

낙엽

허무하다 어이할까?
그게 이별인 것을

외진 길 한끝
멍하니 돌아보지만
혈육인지 기억조차 없고
홀로 있어도 어우러져 있어도
고독하기는 마찬가지

실핏줄 움켜쥐고
타다 남은 살과 뼈
사금으로 치장하여
땅속 깊은 곳 온기 덮은 채
태반 같은 아늑함 다시 맛보리라
환희에 찬 영혼의 떨림을

은행잎

사랑의 노래가
가을바람에
속절없이 흔들린다.

힘에 겨워
휘리릭
공중회전 한 바퀴
어디론가 날려가다
땡그렁
가로 구석에 드러누웠다

가버린 푸르른 날
아쉽고 아쉬워
눈시울 뜨거워도

남은 노란 네 모습
사랑스러워
한 잎 두 잎 주워든다.

당신을 기다리지 않는 편지

코스모스

대지의 뜨거움
가냘픈 몸 휘감아
실낱 대롱 끝에 매달려
남은 여름 숨을 몰아쉬고 있다.

진노란 꽃 수술
달빛 시샘 외면하고
앞서거니 뒤서거니
하얀 분홍 붉은 분홍 토해내며

가을로 겨울로 날아간다.

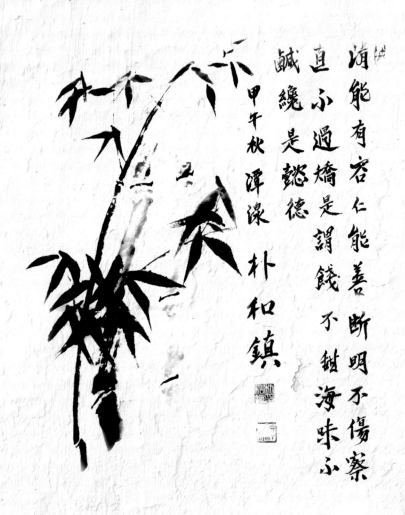

消能有容仁能善斷明不傷察
直不過矯是謂餞不鹹海味不
鹹繞是懿德
甲午秋渾漾朴和鎮

웃음미학 개론

웃음미학 Ⅰ

친구야!

사람들이 왜 자꾸 싸우지?

그냥 웃고 살지

웃음미학 Ⅱ

친구야!

오늘 웃어 봤어?

아직 하루가 좀 더 남았잖아

하루가 다 가기 전에 웃고 끝내봐

그래야 남는 장사하는 거야

웃음미학 Ⅲ

친구야!

많이 덥지.
어릴 때는 잘 웃다가 나이 들수록 왜 웃음이 적어지는
줄 알아?
지나간 시간을 자꾸 기억하고
오지 않는 시간을 자꾸 기다리기 때문이야.

기억과 기대보다는
"지금 그리고 여기"에 열중해야 웃을 일이 많아져

빤쮸 한 장 걸치고 아이스께끼 하나 먹는 일도
찡그리며 하는 게 좋겠냐 웃으면서 하면 좋겠냐

웃음미학 Ⅳ

친구야!

웃는 게 친환경 아닐까?
힘들어하는 지구를 위해서라도 웃어보자
후손들이 계속 살 곳이잖아

답장을 기다리지 않는 편지

웃음미학 V

친구야!

세상에 나보다 잘난 놈 많다고 생각되지 그럼 진 거야
이기고 싶어?
그냥 웃어봐
웃는 널 보고 안 웃으면 그놈이 진짜 진 거야!
자 한 잔 받아봐! 그리고 힘내

웃음미학 Ⅵ

친구야!

웃기고 자빠진 놈 될래?
웃기려고 자빠지는 놈 될래?
나는 웃기려고 자빠지는 놈 되고 싶어

답장을 기다리지 않는 편지

웃음미학 Ⅶ

친구야!

웃는데도 때릴 거야?
그래도 때린다면 한 대 맞아 줄게

웃음미학 Ⅷ

친구야!

세상사는 맷집이 약하다 싶으면 웃어 버려
웃는 얼굴에 주먹 날리겠냐?

답장을 기다리지 않는 편지

웃음미학 IX

친구야!

소통이 힘드냐?
웃을 "소"
통할 "통"
그냥 푸하하하 웃어 버려

웃음미학 X

친구야!

내가 먼저 웃으면 세상이 우습게 보일 거야
쉽지?
자 한번 웃어 보자고

수천재

— 박용진

돌구름밭 구비 돌아

예서 마주한 그대여

당신과 나

수이 찾은 이 길 아니었기에

더께 진 물무늬 아득하나

얼룩의 세월

훌훌

씻음이면 족하여라

수천재여

본시 높은 데 저 하늘을 거닐던 이여

그대가 두르니 이곳도 하늘 울타리

이제 우리 한 몸 되어

영원

사알자

*** 향토시인 박용진은 '수천재'에 터를 내린 동생 부부를 위해 헌시하였다.

짧은 생각(수필)

카푸치노 哀歌

커피 전문점 열풍입니다. 직장인이 몰려 있는 빌딩 숲 군데 군데 어김없이 자리한 대형 커피점은 물론 골목길 모퉁이의 좁은 공간도 커피 전문점으로 들어찼습니다.

언제부터인지 커피가 우리의 일상적인 음료가 되었습니다. 한때는 다방이라는, 지금은 촌스럽게만 들리는 곳이 커피를 마시는 공간이었습니다.

대중가수의 가슴을 파고드는 사랑의 연가가 담배 연기와 뒤섞인 공간이었습니다. 몇몇 한량들의 잡담과 짙게 입술 화장을 한 여인의 웃음소리가 간간이 들리던 모습은 영화 속의 과거가 된 듯 거의 찾아볼 수가 없게 되었습니다.

아메리카노, 모카, 카페라테, 카푸치노. 의미와 유래를 잘 모르는 외래어가 붙은 커피 종류가 너무 많아 막상 주문하는 일이 쉽지 않습니다.

매장은 세련되고 서구적 인테리어로 단장되어 있습니다. 그곳을 이용하는 사람이 매장의 세련미만큼 자신의 품격도 높아지는 착각에 빠지게 합니다. 서구의 또 다른 문화적 식민 지배를 당하고 있는 것은 아닐까 하는 심각함은 별로 인식하지 못하고 있는 듯합니다.

커피와 프림을 뒤섞어 만든 자판기 커피에 익숙해 있었습니다. 일여 년 전부터 '카푸치노'란 전문 커피의 마니아가 되었습니다. 커피잔 위에 얹어놓은 우유 거품이 이탈리아 카푸친 수도원의 수도사 머리 모양을 닮았다 하여 '카푸치노'란 이름이 지어졌다는 설이 있습니다.

에스프레소 원액 커피에 우유를 거품 내어 섞고 그 위에 계핏가루를 살짝 뿌린 커피 전문점에서만 맛볼 수 있는 커피입니다. 커피와 계핏가루의 짙은 향이 입안을 감돌고 우유의 고소한 뒷맛이 과히 깊이 빠질 만합니다. 카페인의 자극을 줄이면서 우유가 받쳐주는 영양을 고려한다면 많은 종류의 커피 중에서 꽤 괜찮은 것 같습니다.

요즈음은 점심 식사 후 동료들과 커피 전문점이나 테이크아웃 커피 전문점을 지나치는 경우가 거의 없습니다. 각자의 취향에 맞게 선택해서 마시게 됩니다. 일여 년 전부터 우연히 접하게 된 카푸치노. 여러가지문제연구소 소장인 김정운 전 명지대 교수님의 『남자의 물건』이란 책을 읽은 적이 있습니다.

책의 제목이 주는 에로틱한 선입견과 달리 중년 남자가 자신의 추억이 담긴 물건들을 소장하며 삶의 공간을 살지게 채워나가는 것을 역설하신 것 같습니다. 저의 카푸치노 커피 탐닉도 '남자의 물건'에 버금갈 만큼 제 삶의 한 부분을 차지하게 되었습니다.

아내가 떠난 지 반년의 시간이 흘렀습니다. 암과의 긴 싸움을 끝내 극복하지 못했습니다. 신이 주신 생명의 끈을 가족에게 반납하고 홀쩍 떠났습니다. 암세포를 잡기 위한 약물이 정상 세포를 파괴하면서 아내의 몸은 점점 야위어 갔습니다. 항암 주사를 맞는 날이면 일과를 마치고 서둘러 병실로 달려갔습니다. 희미한 미소를 머금은 채 남편과 아이들에 대한 미안함을 애써 감춘 채 병상에 누워 있었습니다.

남편의 퇴근을 맞이하는 아내의 힘없는 모습이 내 가슴을 더욱 아리게 했습니다. 약물에 취해 잠든 아내를 병실에 잠시 홀로 둔 채 허기를 달래기 위해 병원 현관에 있는 카페를 찾았습니다.

밀려오는 피로와 허기를 함께 달랠 수 있는 음료가 있는지 살펴봤습니다. 카페인이 주는 각성 효과에 힘을 얻고 싶었습니다. 그리고 허기도 덜고 싶었습니다.

여러 종류의 커피 중 카푸치노를 골랐습니다. 그것이 두 가지를 해결해 줄 수 있었습니다. 그날부터 3주에 한 번씩 항암 치료 날이면 어김없이 카푸치노 한 잔으로 무력감과 이별의 두려움을 잠시 잊어보려 했습니다. 하지만 스무 잔이 채워지기 전에 아내와 기약 없는 이별을 하게 되었습니다.

'중년 상처'라는 말이 있습니다. 중년에 겪는 배우자의 부재와 상실이 주는 충격이 생각보다 큰 것 같습니다. 떠난 사람에 대한 그리움과 외로움, 앞날에 대한 두려움이 반년이 흘렀지만, 여전히 잦아들지 않고 있습니다.

그럼에도 불구하고 아직은 떠난 사람과 함께할 수 있는 것이 있어서 다행입니다. 카푸치노 커피가 바로 그것입니다. 하루에 한 잔 정도는 마시게 되니, 하루에 한 번은 떠난 아내와 함께하게 되는 셈입니다. 한 모금 한 모금 목구멍으로 넘어가는 커피와 계피, 우유의 혼합물이 뒤죽박죽인 내 슬픈 추억을 보듬어주고 있습니다. 앞으로 얼마간 더 카푸치노를 마실 것 같습니다. 카푸치노 마시기를 그만두는 그날이 아내를 영원히 떠나보내는 날이 될 것 같습니다.

입속을 감돌던 카푸치노의 슬픈 감미로움이 잦아들게 되면 아내와 함께했던 수많은 장면도 흘러간 영화 필름처럼 점점 더 희미하게 흐려지게 될 것입니다. 그러면 새로운 향의 커피를 찾게 될지 모릅니다.

그때 다시 즐겨 마시게 될 커피도 카푸치노 향만큼 짙고 깊은 맛으로 저를 사로잡게 될까요?